AF314182

Com.te P.r M. M. Delestre

Experts M. M. Paulme & B. Lasquin fils

ESTAMPES

DU
XVIIIe SIÈCLE

CATALOGUE

DE

BELLES ESTAMPES

Des Écoles

FRANÇAISE ET ANGLAISE DU XVIIIe SIÈCLE

En noir et en couleurs

APPARTENANT A MADAME L... C...

ET A DIVERS

DONT LA VENTE AUX ENCHÈRES PUBLIQUES AURA LIEU

HOTEL DES COMMISSAIRES-PRISEURS, Rue Drouot, Salle N° 10

LE MARDI 10 MAI 1904

à 2 heures 1/4

COMMISSAIRE-PRISEUR

Me MAURICE DELESTRE, 5, rue Saint-Georges

EXPERTS

MM. PAULME & B. LASQUIN Fils

10, rue Chauchat	12, rue Laffitte
Téléph. 259-63	Téléph. 317-74

EXPOSITION PUBLIQUE

Le Lundi 9 Mai 1904, de une heure 1/2 à six heures

Salles N°s 9 et 10 réunies

CONDITIONS DE LA VENTE

Elle sera faite au comptant.

Les acquéreurs paieront *dix pour cent* en sus des prix d'adjudication.

Les expositions particulières et publique mettant le public à même de se rendre compte de l'état et de la nature des pièces, aucune réclamation ne sera admise une fois l'adjudication prononcée.

Les experts se réservent la faculté de diviser ou de rassembler les lots, et rempliront, aux conditions d'usage, les commissions que voudraient leur confier les amateurs.

N. B. — *Toutes les estampes sont encadrées. — On suivra l'ordre numérique du Catalogue.*

EXPOSITIONS PARTICULIÈRES : les Jeudi 5, Vendredi 6 et Samedi 7 Mai 1904, chez MM. B. LASQUIN FILS, 12, rue Laffitte, de neuf heures à midi et de deux heures à cinq heures.

EXPOSITION PUBLIQUE : à l'Hôtel Drouot, salles nos 9 et 10 réunies, le Lundi 9 Mai 1904, de une heure et demie à six heures.

Paris. — Imp. de l'Art, E. MOREAU et Cie, 41, rue de la Victoire.

DÉSIGNATION

ESTAMPES APPARTENANT A MADAME L*** C***

ALIX (P.-M.)

1 — JOSEPH BARRA.

En costume de hussard. Médaillon ovale sur un bas-relief représentant sa mort.
Très belle épreuve *imprimée en couleurs*.

ALIX (P.-M.)

2 — PORTRAIT DE VIALA (Joseph-Agricol).

D'après Sablet.
Très belle épreuve *imprimée en couleurs*. Marges.

ANSELIN (J.-L.)

3 — LA BELLE JARDINIÈRE (Marquise de Pompadour).

Beau portrait de la célèbre favorite, d'après C. Vanloo.
Superbe épreuve avec grandes marges. Rare.

BARTOLOZZI (F.)

4 — CHILDREN PLAYING AT MARBLES.

Petite pièce ovale, d'après Hamilton.
Belle épreuve.

BAUDOUIN (D'après P.-A.)

5 — LE CARQUOIS ÉPUISÉ.

In-fol. en hauteur, par N. de Launay. (E. B., n° 11.)
Superbe épreuve avec toutes ses marges. Rare.

BAUDOUIN (D'après P.-A.)

6 — LE COUCHER DE LA MARIÉE.

Gravé à l'eau-forte, par J.-M. Moreau le Jeune, et
terminé par J.-B. Simonet. (E. B., n° 16.)
Très belle épreuve avec toutes ses marges.

BAUDOUIN (D'après P.-A.)

7 — LE CURIEUX.

In-fol. en hauteur, par Maleuvre. (E. B., n° 17.)
Superbe et rare épreuve *avant la lettre*. Grandes
marges.

BAUDOUIN (D'après P.-A.)

8 — LE DÉSIR AMOUREUX.

Estampe en médaillon ovale gravée par J. Mixelle.
(E. B., n° 19.)
Superbe et rare épreuve *imprimée en couleurs*, du
premier état, *avant toutes lettres*. Dans cet état, les
deux colombes n'existent pas; à leur place se voient
deux bustes d'homme et de femme s'embrassant au
milieu de nuages. Grandes marges.

BAUDOUIN (D'après P.-A.)

9 — LA SOIRÉE DES TUILERIES.

> In-fol. en hauteur. par Simonet (E. B., n° 47.)
> Très belle épreuve avec marges.

BAUDOUIN (D'après P.-A.)

10 — LA TOILETTE.

> In-fol. en hauteur, par N. Ponce. (E. B.. n° 48.)
> Superbe et rare épreuve *avant la lettre*.

BOILLY (D'après L.)

11 — LE PRÉLUDE DE NINA.

> In-fol. en hauteur, par Chaponnier.
> Très belle épreuve en couleurs. Toutes marges.

BONNET (L.)

12 -- TÉTE DE FEMME DE PROFIL.

— BUSTE DE FEMME DE FACE.

> Deux pièces à la manière du dessin, d'après Boucher.
> Très belles épreuves *imprimées en couleurs*. Grandes
> marges.

BOREL (D'après)

13 — LE BOURGEOIS MALTRAITÉ.

> Jolie pièce gravée par Morret.
> Superbe épreuve *imprimée en couleurs avant la*
> *lettre*. Marges. Rare.

BOREL (D'après)

14 — LE DON INTÉRESSÉ.

— LA MORALE INUTILE.

Deux pièces faisant pendants, par Voyzard.
Très belles épreuves. Marges.

BROOKSHAW

15 — MARIE-ANTOINETTE, Reine de France.

Médaillon ovale en manière noire.
Belle épreuve.

CARESME (D'après)

16 — L'AMANT EFFRAYÉ.

— LES AMANTS SATISFAITS.

Deux pièces faisant pendants par Phelipeau.
Belles épreuves *imprimées en couleurs*. Marges.

CARESME (D'après)

17 — LA SURPRISE.

Petite estampe gravée par Jubier.
Très belle épreuve *imprimée en couleurs*. Petites
marges.

COUTELLIER (F.)

18 — Mlle COLOMBE, L'AINÉE, de la Comédie italienne.

— Mme DUGAZON, de la Comédie italienne.

Deux portraits ovales sur montures gravées.
Très belles épreuves *imprimées en couleurs*. Marges.

CROISEY

19 — MARIE-ANTOINETTE, Dauphine de France.

> Gracieux portrait avec encadrement orné.
> Très belle épreuve. Marges.

DEBUCOURT (P.-L.)

20 — LE COMPLIMENT OU LA MATINÉE DU JOUR DE L'AN. 1787.

> Pièce dédiée aux pères de famille.
> Très belle épreuve *imprimée en couleurs*. Petites marges.

DEBUCOURT (P.-L.)

21 — LE MENUET DE LA MARIÉE.

— LA NOCE AU CHATEAU.

> Deux estampes faisant pendants. (M. F., nos 8-21.)
> Superbes épreuves *imprimées en couleurs* d'une grande fraîcheur. Marges. Très rares à trouver réunies.

DEBUCOURT (P.-L.)

22 — LE MENUET DE LA MARIÉE. 1786.

> L'une des plus jolies estampes dans l'œuvre du maître. (M. F., no 8.)
> Superbe épreuve *imprimée en couleurs*. Marges.

DEBUCOURT (P.-L.)

23 — LA ROSE MAL DÉFENDUE.

> Estampe gravée dans une nouvelle manière. (M. F., no 27)
> Très belle épreuve en couleurs. Marges.

DEMARTEAU (G.)

24 — PASTORALE.

>Estampe, d'après J.-B. Huet.
>Superbe épreuve aux trois crayons.

DROUAIS (D'après)

25 — PORTRAIT DE LA COMTESSE DU BARRY.

>En costume de chasse, médaillon ovale, par *Beau-varlet*.
>Très belle épreuve *avant la lettre*. Marges. Rare.

FRAGONARD (D'après H.)

26 — MA CHEMISE BRÛLE.

>In-fol. en travers, gravé par Aug. Le Grand.
>Superbe épreuve en bistre, *les chairs imprimées en rouge*. Marges.

FREUDEBERG (D'après S.)

27 — LE LEVER.

>In-fol. en hauteur, par A. Romanet.
>Superbe épreuve *avant le numéro*. Grandes marges.

FREUDEBERG (D'après S.)

28 — LE PETIT JOUR.

>In-fol. en hauteur, par de Launay.
>Superbe épreuve avec toutes ses marges.

HUET (D'après J.-B.)

29 — L'Amant écouté.

— L'Éventail cassé.

> Deux pièces faisant pendants, par L. Bonnet.
> Superbes épreuves *imprimées en couleurs*. Sans marges.

HUET (D'après J.-B.)

30 — L'Amant pressant.

— La Déclaration.

> Deux pièces faisant pendants, par A. Legrand.
> Superbes épreuves *imprimées en couleurs*. Marges.

HUET (D'après J.-B.)

31 — La Toilette de Vénus.

> Charmante petite pièce, par Bonnet.
> Très belle épreuve *imprimée en couleurs*. Sans marges.

JANINET (F.)

32 — Amour tu fais des jaloux.

> Jolie pièce de forme ovale, d'après Boucher.
> Très belle et fraîche épreuve *imprimée en couleurs*.
> Grandes marges.

JANINET (F.)

33 — L'Agréable négligé.

— L'Aimable Paysanne.

> Deux pièces en médaillons ovales équarris, faisant pendants, d'après *Baudouin* et *Saint-Quentin*.
> Superbes épreuves *imprimées en couleurs*, très fraîches et bien conservées. Marges. Rares.

JANINET (F.)

34 — L'Amour rendant hommage a sa mère.

> Estampe de forme ronde, d'après Boucher.
> Très belle épreuve *imprimée en couleurs*. Marges.

JANINET (F.)

35 — Nina.

> Portrait de *M*me *Dugazon*, dans le rôle de Nina, ou la *Folle par amour*, d'après Cl. Hoin.
> Très belle épreuve *imprimée en couleurs*. Petites marges. Rare.

LAWREINCE (D'après N.)

36 — Ah! laisse-moi donc voir!

> Charmante petite pièce gravée par Janinet. (E. B., n° 2).
> Superbe et très fraîche épreuve *imprimée en couleurs*, avec toutes ses marges. Rare en cet état.

LAWREINCE (D'après N.)

37 — L'Assemblée au Salon.

— L'Assemblée au Concert.

> Deux pièces in-fol. en travers faisant pendants, par Dequevauviller. (E. B., nᵒˢ 5-6.)
> Très belles épreuves. Marges.

LAWREINCE (D'après N.)

38 — L'Aveu difficile.

> Estampe gravée par F. Janinet. (E. B., nᵒ 8.)
> Superbe épreuve, *imprimée en couleurs*, avec belles marges.

LAWREINCE (D'après N.)

39 — La Comparaison.

> Estampe gravée par F. Janinet. (E. B., nᵒ 12.)
> Superbe épreuve, *imprimée en couleurs*, avec belles marges.

LAWREINCE (D'après N.)

39 *bis*. — L'Indiscrétion.

> Estampe gravée par F. Janinet (E. B., nᵒ 30.)
> Superbe épreuve *imprimée en couleurs*, avec belles marges.

LAWREINCE (D'après N.)

40 — LE BILLET DOUX.

   — QU'EN DIT L'ABBÉ?

      Deux pièces in-fol. en hauteur, faisant pendants, par de Launay. (E. B., nᵒˢ 10-51.)
      Très belles épreuves. Marges.

LAWREINCE (D'après N.)

41 — LA MARCHANDE A LA TOILETTE.

      In-fol. en hauteur, par Vidal. (E. B., nᵒ 37.)
      Superbe épreuve avec de grandes marges.

LAWREINCE (D'après N.)

42 — LA PARTIE DE MUSIQUE.

      Estampe in-fol. en travers, par V. Langlois. (E. B., nᵒ 46.)
      Très belle épreuve. Marges.

LAWREINCE (D'après N.)

43 — LE ROMAN DANGEREUX.

      In-fol. en hauteur, par Helman. (E. B., nᵒ 56.)
      Très belle épreuve. Remargée.

LAWREINCE (D'après N.)

44 — LES SABOTS.

      In-fol. en hauteur, par J. Couché (E. B., nᵒ 57.)
      Très belle épreuve *avant la lettre*. Petites marges.

LAWREINCE (D'après N.)

45 — LA SOUBRETTE CONFIDENTE.

In-fol. en hauteur, par Vidal. (E. B., n° 61.)
Superbe épreuve avec grandes marges.

LAWREINCE (D'après N.)

46 — LES PETITS FAVORIS, par Chapuy.

Pièce inconnue de M. Bocher, dans cet état, et qu'il désigne sous le titre : *Le Joli Chien.* (E. B., App. 4.) Dans cet état, *non décrit*, on voit deux petits chiens sur le lit.
Superbe épreuve *imprimée en couleurs*. Remargée. Très rare.

LE CŒUR

47 — JE SERAI SAGE.

Médaillon ovale.
Très belle épreuve *imprimée en couleurs*.

LEVILLY

48 — L'HEUREUX PRÉSAGE.

— L'INSTANT FAVORABLE.

Deux petites estampes faisant pendants.
Très belles épreuves *imprimées en couleurs*. Marges.

MARIN (L.) (BONNET)

49 — THE MILK WOMAN.

Très jolie pièce en médaillon ovale avec encadrement rehaussé d'or.
Superbe et très fraîche épreuve *imprimée en couleurs*. Marges.

MARIN (L.) (Bonnet)

50 — Provoking fidelity.

   — The pretty noesgay garle (*sic*).

Deux pièces en médaillons ovales, d'après *Greuze* et *Parelle*, faisant pendants.
Très belles épreuves *imprimées en couleurs*. Marges.

MARIN (L.) (L. Bonnet)

51 — The Welcome news.

   — The Charms of the morning.

Deux pièces gracieuses, faisant pendants, d'après Le Prince.
Superbes épreuves *imprimées en couleurs avant la lettre*.

MIXELLE (Chez)

52 — L'Heureuse rencontre.

   — Le Bouquet déchiré.

Deux petites estampes faisant pendants.
Très belles épreuves *imprimées en couleurs*. Marges.

MONNET (D'après)

53 — L'Amour est de tout age.

   — Le Larcin.

Deux pièces en médaillons ovales, par Robillac.
Très belles épreuves *imprimées en couleurs*.

RUOTTE

54 — MARIE-ANTOINETTE D'AUTRICHE.

De profil en médaillon ovale, d'après Césarine F.

Superbe épreuve *imprimée en couleurs*. Grandes marges.

RUOTTE

55 — MARIE-THÉRÈSE, LOUISE DE SAVOYE-CARIGNAN, PRINCESSE DE LAMBALLE.

De profil en médaillon ovale, d'après Danloux.

Superbe épreuve *imprimée en couleurs*. Grandes marges.

SERGENT (A.)

56 — IL EST TROP TARD...

In-fol. en hauteur.

Très belle épreuve *imprimée en couleurs*. Petites marges.

TAUNAY (D'après N.)

57 — LA FOIRE DE VILLAGE.

— LA NOCE DE VILLAGE.

— LA RIXE.

— LE TAMBOURIN.

Célèbre suite de quatre estampes gravées par Descourtis.

Superbes épreuves *imprimées en couleurs*. Les deux premières, les seules qui aient des différences, sont *avec les armes*, c'est-à-dire de *premier tirage*. Marges. Suite rare à rencontrer en cet état.

VIGÉE-LEBRUN (D'après Mme L.)

58 — PORTRAIT DE L'ARTISTE, par J. Fatou.

> Elle est représentée assise à son chevalet, la palette
> à la main.
> Superbe épreuve *imprimée en couleurs* et *avant toutes
> lettres*. Marges.

WARD (W.)

59 — THE SOLDIER'S RETURN.

— THE SAILOR'S RETURN.

> Deux pièces in-fol. en hauteur, faisant pendants,
> d'après Wheatley.
> Très belles épreuves *imprimées en couleurs* et re-
> haussées. Marges. Rares.

ESTAMPES APPARTENANT A DIVERS

ALIX (P.-M.)

60 — LES TROIS CONSULS : Cambacérès, Bonaparte, Lebrun, d'après Vangorp.

> Trois bustes en médaillon ovale, au-dessous sujet gravé à l'eau-forte par Duplessis-Bertaux, représentant : *Barthélemy, Président du Sénat conservateur, présente au premier Consul l'acte constitutif qui fixe le Consulat à vie.*
> Magnifique épreuve *imprimée en couleurs*, de la plus grande fraîcheur. Marge. Très rare.

BARTOLOZZI (F.)

61 — VESTALE.

> Gracieuse pièce ovale, d'après Aug. Kauffmann.
> Superbe épreuve *imprimée en couleurs*. Marges.

BAUDOUIN (D'après P.-A.)

62 — PERRETTE.

> Gracieuse petite estampe gravée par H. Gutemberg. (E. B., n° 36.)
> Superbe et rare épreuve *avant la lettre*, seulement les noms des artistes. Marges.

BENWEL (D'après)

63 — Cupid desarmed.

— Cupid's revenge.

>   Deux petites pièces ovales, faisant pendants, par Knight.
>   Superbes épreuves *imprimées en couleurs*. Grandes marges.

BIGG (D'après W.)

64 — The Romps.

— The Truants.

>   Deux estampes en travers, faisant pendants, par W. Ward.
>   Superbes épreuves *imprimées en couleurs*. Marges. Rares.

BIGG (D'après W.)

65 — The farewel or Harvestman going out.

— Welcome home or Harvestman return.

>   Deux pièces in-fol. en travers, par Dunkarton.
>   Superbes épreuves *imprimées en couleurs*. Marges. Rares.

BIGG (D'après W.)

66 — Morning after the Storm.

>   Estampe anglaise gravée par W. Ward.
>   Très belle épreuve *imprimée en couleurs*. Marges.

BIGG (D'après W. ?)

67 — LA FRAYEUR ENFANTINE ?

> Pièce en travers gravée par Ward ?
> Très belle épreuve *imprimée en couleurs*. Sans marges.

BOILLY (D'après L.)

68 — L'OPTIQUE.

> Estampe gravée par Cazenave.
> Très belle épreuve *imprimée en couleurs* et rehaussée. Petites marg·s.

BOILLY (D'après L.)

69 — L'AMANT FAVORISÉ.

— LA COMPARAISON DES PETITS PIEDS.

> Deux pièces en réduction ovales, faisant pendants.
> Très belles épreuves *imprimées en couleurs*. Remargées.

BOUCHER (D'après F.)

70 — TÊTE DE FLORE.

> Estampe gravé en imitation de pastel, par L. Bonnet. Ce portrait, qui passe pour être celui de la marquise de Pompadour, est plus certainement celui de l'une des filles de Boucher : Mᵐᵉ Baudouin ou Mᵐᵉ Deshayes.
> Superbe épreuve *imprimée en couleurs*, de la plus grande fraîcheur, donnant l'illusion du pastel. Très rare.

CARESME (D'après)

71 — PREMIÈRE ET DEUXIÈME GUINGUETTE FLAMANDE.

Deux petites estampes en travers, par Mixelle.
Très belles épreuves *imprimées en couleurs*. Marges.

DAYES (D'après E.)

72 — THE MIRTH AND PLEASURES OF A COUNTRY FAIR.

Estampe anglaise en travers, par R. Cooper.
Superbe épreuve *imprimée en couleurs*. Marges. Rare.

DEBUCOURT (P.-L.)

73 — ANNETTE ET LUBIN.

Estampe, dont le sujet est tiré de la comédie de
Mme Favart, portant le même titre. (M. F., n° 22.)
Superbe épreuve *imprimée en couleurs*. Marges.

DEBUCOURT (P.-L.)

74 — ALMANACH NATIONAL, dédié aux Amis de la Constitution.

L'une des plus intéressantes estampes du maître au
point de vue du procédé de gravure. (M. F., n° 26.)
Superbe épreuve *imprimée en couleurs*. Marges. Rare.

DEBUCOURT (P.-L.)

75 — LA PROMENADE PUBLIQUE.

Pièce capitale de l'Œuvre du maître. (M. F., nº 33.)
Magnifique et brillante épreuve *avant la lettre*, seulement sous le trait carré à gauche la mention : *Dessiné et gravé par Debucourt, peintre et graveur.* Elle est *imprimée en couleurs*, sur papier vélin à grain fin dont se servaient assez fréquemment les imprimeurs pour le tirage des épreuves de remarque; la finesse du papier permettant à la planche de donner ses moindres détails. Très grandes marges. Rare en cet état.

DEBUCOURT (P.-L.)

76 — LA MÊME ESTAMPE.

Très belle épreuve *imprimée en couleurs*, avec la lettre et l'adresse de Depeuille. Marges du cuivre.

(Cadre Louis XVI, en bois sculpté.)

DEBUCOURT (P.-L.)

77 — PROMENADE DE LA GALERIE DU PALAIS-ROYAL.
(The Palais Royal-Gallery's Walk.) 1787.

Grande pièce in-fol. en largeur et représentant, au Palais-Royal, une foule de promeneurs circulant devant les boutiques de la galerie. (M. F., nº 11.)
Superbe épreuve *imprimée en couleurs*. Grandes marges. Rare.

DEBUCOURT (P.-L.)

78 — LES COURSES DU MATIN OU LA PORTE D'UN RICHE.

La plus importante composition des estampes de la suite des *Mœurs et Ridicules du jour*, comportant trente-sept personnages. (M. F., n° 173.)

Très belle et fraîche épreuve en couleurs. Marges.

DEBUCOURT (P.-L.)

79 — ILLUMINATION DE LA GRANDE CASCADE DE SAINT-CLOUD.

Pièce publiée à l'occasion du mariage de Marie-Louise. (M. F., n° 221.)

Superbe épreuve en couleurs, d'une grande fraîcheur. Marges.

DESCOURTIS (C.-M.)

80 — FRÉDÉRIQUE-LOUISE WILHELMINE, PRINCESSE D'ORANGE.

En médaillon ovale, d'après Tozelli.

Superbe épreuve *avant lettre*. Seulement les noms des artistes tracés à la pointe. L'épreuve est *imprimée en couleurs*, a toutes ses marges et dans une condition parfaites. Rare de cette qualité.

DESCOURTIS (C.-M.)

81 — Frédérique-Louise Wilhelmine, Princesse d'Orange.

— Frédérique-Sophie Wilhelmine, Princesse d'Orange.

Deux gracieux portraits en médaillons ovales, faisant pendants, d'après *Tozelli* et *Hentzi*.

Superbes épreuves *imprimées en couleurs*, d'une grande fraîcheur. Remargées.

DESMONT

82 — Le Bourgeois entreprenant.

Charmante petite pièce dans le goût de Lawreince, rappelant les *Offres séduisantes*.

Très belle épreuve *imprimée en couleurs avant la lettre*, d'une pièce rarissime.

DRUMMOND (D'après S.)

83 — The Woodman.

Grande estampe gravée par W. Barnard.

Superbe épreuve *imprimée en couleurs*, remarquable d'impression et de fraîcheur. Marges. Rare.

DUGOURE (D'après J.-D.)

84 — Le Lever de la Mariée.

Estampe faisant pendant au *Coucher de la Mariée*, d'après Baudouin, gravée par Trière.

Magnifique épreuve *avant la lettre*, avec salissures de burin sur la planche. Grandes marges.

(Cadre en bois sculpté.)

ESNAULT et RAPILLY (Chez)

85 — CALENDRIER DE 1789.

> Suite complète de douze pièces, les mois de l'année, avec vignette en tête, d'après *Debucourt*, *Fragonard*, *Le Prince*, etc.
>
> Très belles épreuves *rehaussées en couleurs anciennement*. Rares.
>
> (Encadrées en deux cadres de six pièces chacun.)

FRAGONARD (D'après H.)

86 — A FEMME AVARE GALANT ESCROC.

— LE MARI CONFESSEUR.

> Deux vignettes in 4° pour illustrer les *Contes de La Fontaine*, édition Didot, gravées par Aliamet et Dambrun.
>
> Curieuses épreuves *imprimées en couleurs*, à la poupée. Il n'existe que de très rares épreuves de ces estampes en cet état.

FRAGONARD (D'après H.)

87 — LES HASARDS HEUREUX DE L'ESCARPOLETTE, par M. de Launay.

> Charmante estampe, d'après le tableau du maître, faisant partie de la galerie Wallace, à Londres.
>
> Superbe épreuve *avec la faute* au mot Escarpolette, écrit avec un *s* final, effacé dans les états suivants. Marges. Rare.

FRAGONARD (D'après H.)

88 — MA CHEMISE BRULE !

> Estampe en travers par A. Legrand.
>
> Très belle épreuve *avant la lettre*. Petites marges.

HENTZI (D'après)

89 — L. Prins van Waldeck.

Portrait ovale pouvant faire pendant à l'une des princesses Wilhelmine.

Superbe épreuve *imprimée en couleurs*, avec rehauts anciens de gouache. Très rare.

HOPPNER (D'après)

90 — Sophia Western.

Portrait de *Mrs Hoppner*, gravé par Smith.

Superbe épreuve à la manière noire du premier état de la planche, *avec les perles aux oreilles*. Rare.

HOPPNER (D'après J.)

91 — Julia de Roubigné.

Beau portrait de femme gravé par *J. Dean*.

Superbe épreuve *imprimée en couleurs*, d'une pièce *rarissime*. Marges.

HUET (D'après J.-B.)

92 — L'Amant écouté.

Estampe gravée par L. Bonnet.

Très belle épreuve *imprimée en couleurs*. Grandes marges.

JANINET (F.)

93 — L'Amour.

— La Folie.

> Deux estampes ovales, faisant pendants, d'après H. Fragonard.
> Superbes épreuves *imprimées en couleurs*. Remargées.

JANINET (F.)

94 — Le Sommeil d'Ariane.

— Vénus en réflexion.

> Deux estampes, gravées d'après les miniatures originales de Charlier.
> Superbes épreuves *imprimées en couleurs*, d'une grande fraîcheur. Grandes marges. Rares en cet état.

LAWREINCE (D'après N.)

95 — L'Accident imprévu.

— La Sentinelle en défaut.

> Deux estampes in-fol. faisant pendants, par Darcis. (E. B., nos 1-58.)
> Très belles et rares épreuves *avant la lettre*, tirées en bistre et légèrement rehaussées en couleur. Marges.

LAWREINCE (D'après N.)

96 — La Comparaison.

> Estampe gravée par F. Janinet. (E. B., nº 12.)
> Très belle épreuve *imprimée en couleurs*. Sans marges.

LAWREINCE (D'après N.)

97 — L'Indiscrétion.

Estampe gravée par F. Janinet. (E. B., n° 30.)
Très belle épreuve *imprimée en couleurs*. Petites
marges. Rare.
(Cadre en bois sculpté.)

LAWREINCE (D'après N.)

98 — Le Déjeuner en tête-a-tête.

— L'Ouvrière en dentelle.

Deux petites estampes faisant pendants, sans nom de
graveur. (E. B., n°s 18-45.)
Très belles épreuves *imprimées en couleurs*. Rares.
(Cadres en bois sculpté.)

LAWREINCE (D'après N.)

99 — Le Concert agréable.

— Le Mercure de France.

Deux estampes faisant pendants, gravées par Varin.
(E. B., n°s 13-38.)
Très belles épreuves avec marges.

LAWREINCE (D'après N.)

100 — Le Lever des ouvrières en modes.

— Le Coucher des ouvrières en modes.

Deux estampes en travers faisant pendants, par Dequevauviller. (E. B., n°s 36-16.)
Très belles et rares épreuves, avec le titre et les
noms des artistes, *sans aucunes autres lettres*. Marges.

LAWREINCE (D'après N.)

101 — LE LEVER DES OUVRIÈRES EN MODES.

Estampe en contre-partie de celle de Dequevauviller.
Signée des initiales L. C. (Le Campion) (E. B., n° 36.)
Très belle épreuve *imprimée en couleurs*. Grandes
marges.

LAWREINCE (D'après N.)

102 — LA GALANTE SURPRISE.

Petite pièce anonyme de forme ronde, d'après l'estampe de Delignon : *Les Offres séduisantes*. (E. B.,
n° 43.)
Très belle épreuve *imprimée en couleurs*. Rarissime.

LAWREINCE (Attribué à N.)

103 — LE COLIN-MAILLARD.

Estampe gravée par Le Cœur. (E, B., n° 1 des
pièces attribuées.)
Belle épreuve *imprimée en couleurs* de cette estampe
rare et recherchée. Remargée.

LAWRENCE (D'après Sir THOMAS)

104 — MASTER LAMBTON, par S. Cousins.

Portrait du dernier fils de John George Lambton
(Earl of Durham en 1833). En pied, de face, assis sur
un rocher, la tête appuyée sur le bras gauche, en costume de velours.
Superbe épreuve à la manière noire avec toutes ses
marges. Rare.

LARGILLIÈRE (D'après N.)

105 — Mlle Duclos, de la Comédie-Française.

> Beau portrait de la célèbre actrice, par L. Desplaces.
> Superbe épreuve avec grandes marges. Rare en cet
> état.

MALLET (D'après)

106 — Chit ! Chit !...

— Par ici...

> Deux petites estampes gracieuses faisant pendants,
> gravées par Copia.
> Superbes épreuves *imprimées en couleurs*. Sans
> marges.

MARIN (L.) (Bonnet)

107 — The Milk woman.

— Woman taking coffee.

> Deux estampes en médaillons ovales avec encadre-
> ments rehaussés d'or faisant pendants.
> Superbes épreuves *imprimées en couleurs*. Rares.

MARIN (L.) (Bonnet)

108 — The Danger of Sleep.

— The True paternal Care.

> Deux estampes faisant pendants, avec encadrements
> rehaussés d'or.
> Très belles épreuves *imprimées en couleurs*. Petites
> marges.

MORLAND (D'après G.)

108 *bis* — HUNTER.

> Estampe anglaise, gravée par W. Ward.
> Belle épreuve *imprimée en couleurs*. Marges.

MORLAND (D'après G.)

109 — A TEA-GARDEN.

— SAINT-JAMES'S PARK.

> Deux charmantes pièces en travers, faisant pendants,
> gravées par F. D. Soiron.
> Magnifiques épreuves *imprimées en couleurs* de ces
> deux estampes, des plus intéressantes par les costumes,
> de la plus grande fraîcheur. Marges. Très rare en cet
> état et cette condition.

MORLAND (D'après G.)

110 — L'AMUSEMENT UTILE.

— LA DOUCE ATTENTE.

> Deux pièces ovales faisant pendants, par Joubert et
> Marye.
> Très belles épreuves *imprimées en couleurs*. Grandes
> marges.

NORTHCOTE (D'après)

111 — PETITE FRUITIÈRE ANGLAISE.

— PETITE LAITIÈRE ANGLAISE.

> Deux estampes ovales faisant pendants, gravées par
> Gaugain.
> Très belles épreuves *imprimées en couleurs*. Grandes
> marges. Rares.

PETERS (D'après le Rev.)

112 — THE FORTUNE TELLER.

— THE GAMESTERS.

Deux estampes en travers, gravées par J.-R. Smith.
Magnifiques épreuves *imprimées en couleurs* avec
marges, de la plus grande fraîcheur. Rares de cette
qualité.

PETERS (D'après le Rév.)

113 — LES MÊMES ESTAMPES.

Très belles épreuves à la manière noire.

PETIT (Chez)

114 — ÉCRANS A MAIN.

Au recto : Sujets des *Moissonneurs*, comédie, en
trois actes, par M. Favart, dessinés et gravés par Mar-
tinet, les entourages par Arrivet ; au verso, des extraits
du dialogue.

Trois pièces en couleurs, montées avec manches en
palissandre tourné.

REGNAULT (N.-F.)

115 — LE BAIN.

— LE LEVER.

Deux charmantes estampes faisant pendants, la première d'après Baudouin.

Superbes épreuves *imprimées en couleurs*. Marges.
Rares.

REYNOLDS (D'après Sir J.)

116 — Lady Bampfylde.

Beau portrait en pied par T. Watson.
Superbe épreuve en manière noire. Très rare.

REYNOLDS (D'après Sir J.)

117 — Dutchess of Devonshire.

En pied, descendant un perron. Gravé par V. Green.
Superbe et rarissime épreuve à la manière noire.

REYNOLDS (D'après Sir J.)

118 — The right Hon. Lady Jane Halliday, Sister of the Earl of. Dyfart.

Beau portrait en pied de l'École anglaise, gravé par V. Green.
Très belle épreuve à la manière noire. Rare.

REYNOLDS (D'après sir J.)

119 — Lady Louisa Manners.

En pied de trois-quarts à droite. Gravé par V. Green.
Superbe et rare épreuve en manière noire.

REYNOLDS (D'après sir J.)

120 — Mrs. Mathew.

En pied, suivi de son chien. Portrait en manière noire, par Dickinson.
Superbe épreuve avec marges.
(Cadre en bois sculpté.)

REYNOLDS (D'après sir J.)

121 — THE HONORABLE MRS STANHOPE.

> Portrait en manière noire, par J.-R. Smith.
> Superbe épreuve avec marges. Rare.

SAINT-AUBIN (AUG. DE)

122 — ADRIENNE-SOPHIE, Marquise de ***.

— LOUISE-EMILIE, Baronne de ***.

> Deux charmants portraits faisant pendants.
> Très belles épreuves. Marges.

SAINT-AUBIN (D'après AUG. DE)

123 — L'HOMMAGE RÉCIPROQUE.

> Deux pièces faisant pendants, par Gaultier. (Portraits
> présumés de l'artiste et de Mme de Saint-Aubin) (E. B.,
> n°s 410-411.)
> Superbes épreuves *imprimées en couleurs*, à grandes
> marges. L'une des deux est avant les vers et avant
> l'adresse. Rares.

SAINT-AUBIN (D'après AUG. DE)

124 — THE PLACE TO THE FIRST OCCUPIER. (La place
au premier occupant.)

> Estampe ovale en travers, par A. Sergent (E. B.,
> n° 405.)
> Très belle épreuve *imprimée en couleurs*. Sans
> marges.

SERGENT-MARCEAU (A.-F.)

125 — MARCEAU, né à Chartres, soldat à seize ans, général à vingt-trois, mort à vingt-sept.

> Beau portrait en pied du vainqueur de Fleurus.
> Superbe épreuve *imprimée en couleurs*, avant la suppression du soldat qui se trouve en bas, à gauche. Marges. Rare en cet état.

SHEE (D'après M.-A.)

126 — LAVINIA, COUNTESS SPENCER.

> Estampe gravée à la manière noire noire par C. Turner.
> Superbe épreuve d'un gracieux portrait. Petites marges.

SMITH (J.-R.)

127 — A VISIT TO THE GRAND FATHER, par Ward.

— A VISIT TO THE GRAND MOTHER, d'après Northcote.

> Deux estampes anglaises faisant pendants.
> Superbes et rares épreuves *imprimées en couleurs*, d'une très grande fraîcheur. Belles marges.

SMITH (J.-R.)

128 — LES MÊMES ESTAMPES.

> Superbes épreuves à la manière noire. Marges.

SMITH (J.-R.)

129 — WHAT YOU WILL. (Ce qui vous plaira.)

Estampe des plus gracieuses et des plus recherchées de l'École anglaise du XVIIIe siècle, dessinée et gravée par le maître Smith.

Superbe épreuve *imprimée en couleurs*, à la poupée, et légèrement rehaussée. Très rare.

SMITH (J.-R.)

130 — A WIDOW. (Une veuve.)

Estampe rare et recherchée, faisant pendant à la précédente.

Superbe épreuve *imprimée en couleurs*, à la poupée, et légèrement rehaussée. Très rare.

SMITH (D'après J.-R.)

131 — THE MORALIST.

Très jolie estampe gravée par W. Nutter.

Superbe épreuve *imprimée en couleurs* de la *planche originale*. Marges. Rare.

YOUNG (I.)

132 — A TRIBUTE TO THE MEMORY OF THE LATE VICE-ADMIRAL LORD VISCOUNT NELSON.

Intéressante estampe allégorique, d'après J. Hopkins.
Très belle épreuve *imprimée en couleurs*. Marges. Rare.

www.ingramcontent.com/pod-product-compliance
Ingram Content Group UK Ltd.
Pitfield, Milton Keynes, MK11 3LW, UK
UKHW031738170726
13836UKWH00002B/741